KB068357

시가 사랑이 되면 삶은 재즈가 된다

시를 알게 되면 시와 사랑에 빠진다

글 · 사진
이영란

시가 사랑이 되면
삶은 재즈가 된다

흔들리는 리듬을 타고 이따금 이렇게 인생은

글 · 사진
이 영 란

바른북스

목 차

Ⅰ　너의 목소리는 가슴에 남는다

II 나는 나무가 되리라

III 야윈 세월이 머문다

I

너의 목소리는 가슴에 남는다

🌸 너의 목소리

목소리를 듣는다
따뜻한 음성
다정한 마음

사람을 향한 마음은
침묵 속에서도 들린다

들숨과 날숨
그리고 말을 잃은
깊은 한숨으로도
그 마음이 들린다

보지 못해도
만질 수 없어도
그저 숨소리만으로
느껴지는 정

너의 목소리는
그렇게
나에게 닿을 수 없는
미지의 실루엣

가끔
신기루처럼
이루지 못한 꿈속에서는

검은 그림자의 네가
검고 따뜻한 너의 마음이
너의 목소리가 보인다

❀ 너를 부르는 언어

너를 부르는 언어는
함부로 입 밖으로
내뱉을 수 없다

너를 부르는 이름은
함부로 크게
소리를 낼 수 없다

이름만으로도
그 존재만으로도
나에게 가끔은
심장에 바늘을 꽂는
아픔이 느껴지기에

그 언어만으로도
출렁이는 항아리에
물 한 방울 떨군 것처럼
순식간에
눈물이 흐르기에

너는

그대는

그렇게

나에게

함부로
부를 수 없는
슬픈 존재다

🌸 서로

서로
바라본다
눈도 마주치지 못하고
땅만 본다

반듯한 가르마
너의 정수리도
너의 마음만큼 미쁘다

서로
손을 잡는다
손끝으로 느껴지는
우주의 진동
빠르게 뛰는 심장소리
그 두근대는 맥박도 끌린다

서로
발끝을 마주한다
비슷한 듯 다른 두 사람
마주한 이 순간은
시간이 멈춘 이 순간은
둘만의 이면세계 🤞

세상은 파노라마처럼 돌아가고
드디어 멈춘 시간 속에
서로 오래 마주 본다

해바라기

처음이었다
무언가를 오래 바라보는 일
누군가를 오래 생각하는 일

우연히 뿌리 내린 푸른 별
이곳에서
무언가를 오래 바라보고
싹을 틔워 마음을 주는 일
진심을 다해 바라는 일

빛이 들지 않던 날
눈길조차 허락되지 않은
몽매한 순간이 있었기에

무언가를 바라보는 그 날들이
가슴 벅차게도 행복했다
싹트는 마음은 빛을 그리고
자라는 생각은 꿈을 꾸게 한다

달구비라도 오는 날은
더 오래 너를 생각했다
비에 젖지는 않는지
추워 떨지는 않는지

그렇게 너를 생각한다
그렇게 너를 바라본다

혹여나 누군가의 시선이
누군가의 마음이
그리운 순간이 오면
가끔은 기억해주길
여기 내 마음이
오래 바라보고 있음을

그대 없어도 그대 그리는
해바라기 같은 이내 마음을

🌸 어린 왕자

비행하는 날개
가끔은 기우는 어깨
푸른 하늘을 날다
검은 밤에 불현듯 내려앉다

캄캄한 하늘
꿈꾸는 별빛 속에
우두커니 자리한
한 그루의 바오밥나무

두 팔을 내밀어
하늘에 닿으려
허공으로만
그저 하늘로만
촉수 같은 가지를 키운다

거인 같은 나무 아래
쏟아지는 별빛 속에
홀로 앉은 어린 왕자
하늘의 별을 센다

별을 세고 세어도
잠기지 않는 눈
홀로 남긴 장미 생각에
쉬이 잠은 오지 않고

금빛 사막모래 덮고
꿈인 듯 흐르는 시간 속에
그저 점인 듯 순간인 듯
그 자리 그 시간

어린 왕자는
오늘도 혼자 있다

🌸 소나타 14번 다단조

피아노 건반을 두드리는
하얀 손가락이
건반 위에 춤을 춘다

소나타 14번 다단조

하얀 날개옷을 입은
까만 머리의 그녀가
건반 위에서 발레를 하듯

그의 길고 긴 두 손가락은
춤을 추는 그녀의 다리가 되어
건반 위를 사뿐히 뛰어오르고

소나타 14번 다단조

손가락으로 지문을 찍듯이
한음 한음 한 걸음 한 걸음
그 사이의 음가를 찾아 걷듯이

그렇게
그와 그녀는
건반 위에서
함께 잊을 수 없는
영혼의 춤을 춘다

투명우산

빗방울이 또르르
눈물처럼 떨어지는 날이면
투명우산을 펼치지

떨어지는 빗물이
내 눈물인지
우산의 눈물인지
아무도 모르겠지

이렇게 봄비가 보슬보슬
이슬처럼 맺히는 날이면
투명우산을 펼치지

맺힌 빗방울이
내 눈물 자국인지
새벽이슬인지
아무도 모를 테니

이렇게 비가 내리면
내 마음도 봄비 되어 내리고

이제는 더 이상
흐르지 않는 눈물은
그저 마른 웃음으로 남아
빗소리에 그 흔적도 사라진다

❀ 강산에 가던 날

강산에 가던 날
그는 말이 없었다

기차를 타고
아무렇지 않게 나선 날

차창 밖 아름다움은
영화 속 필름처럼
무심히 흘러가고
말 없는 그 시간이 마냥 좋았다

말이 없어도 편안한 시간
굳이 노력하지 않아도
아무렇게 쉴 수 있는 시간

그는 그렇게 말이 없었다
조용한 허밍만

함께 듣는 노래는
차창 밖 파노라마의 배경음악
이름 모를 가수의
낮은 목소리

그걸로 충분했다
그걸로 편안했다
그는 그랬다
나는 그랬다

그 봄날 그 시간
그 아련한 별거 아닌 그 순간

❀ 행복

새벽이슬
느린 산책
따뜻한 커피
마음 시린 시집 한 권

아침 햇살
상쾌한 공기
힘찬 발걸음
아이들의 책가방

점심 밥 냄새
다정한 눈 맞춤
왁자지껄 웃음소리
삼삼오오 산책 인사

저녁 붉은 석양
노오란 가로등
줄지은 퇴근 행렬
도란도란 이야기 소리

삶
행복
단순한
그리고 평범한
나에겐 생의 모든 순간

🌸 사랑이 무엇인지

이 마음이 사랑인지
그대가 물으신다면
나도 알 수가 없어요
이런 마음은 나도 처음이라서요

이 사랑이 언제까지인지
그대가 물으신다면
나도 알 수가 없어요
그 끝이 언제인지 나도 모르니까요

이 사랑이 언제부터인지
그대가 물으신다면
나도 알 수가 없어요
그 시작의 순간이 언제인지 모르니까요

이 사랑의 깊이가 어떠한지
그대가 물으신다면
나도 알 수가 없어요
마음의 우물에 그대가 들어가지 않으면

이 사랑의 한계가 어디까지인지
그대가 물으신다면
나도 알 수가 없어요
이미 불가능한 것을 가능하게 하니까요

이 사랑이 누구의 것인지
그대가 물으신다면
그것은 알아요

바로 그대
내 마음을 묻는
순수한 아이 같은 바로 그대

시가 사랑이 되면

시가 사랑이 되면
낯선 꽃향기에도
마음이 흔들린다

시가 사랑이 되면
봄날의 아지랑이에
현기증이 난다

시가 사랑이 되면
별거 아닌 일에
가끔은 눈이 시리다

그래도 사랑

나에게는 세상에 쓰는
나의 고백

노래가 되어
사랑이 되어
때로는 이렇게
넋두리가 되어

시를 말한다
사랑을 말한다

봄날

봄비 오는 밤
낡은 기차역
말 없는 두 사람

조용한 그곳
봄비 그리고 버스정류장

한낮의 소란함은
멀리 기차에 몸을 싣고
마지막 기차의
미련없는 뒷모습을
물끄러미 바라본다

이 밤 두 개의 그림자
봄비의 싸늘함은
두 어깨에 말없이 내리고

서로를 응시하는
촉촉한 눈빛
봄비 같은 눈망울

낡은 기차역은
영원한 봄날의 추억

첫사랑이었다

두 사람
봄비
그리고
마지막 기차의 뒷모습

삶은 재즈처럼 흔들린다

춤을 춘다
재즈의 선율에 따라
느리게 춤을 춘다

흔들리는 불빛 속에
리듬은 흐느끼고
어스름히 보이는 어깨는
춤인지 울음인지

푸른 밤이 부르는 노래
하얀 달이 연주하는 멜로디

푸른 밤은 검푸른 강물처럼
점점 색이 짙어지고
멜로디는 더 느리게 더 알 수 없는
삶의 변주를 따라
농밀하게 춤을 춘다

삶은 재즈처럼
악보도 없는
리허설도 없는
준비 없는 변주처럼

흔들리는 리듬을 타고
이따금 이렇게 인생은
알 수 없는 멜로디를 타고
변박의 춤을 춘다

💮 내 마음

내 마음은 유리창
투명한 어리석은 유리창
나의 혼란과 번뇌는
빗물처럼 얼룩져
지워도 지워도
흔적이 남는다

내 마음은 유리창
투명한 맑은 하늘빛
나의 기쁨과 환희는
햇살처럼 내려
눈이 부셔
눈을 뜰 수 없다

손으로 가려도
커튼을 처봐도
투명하고 어리석은
나의 유리창

깨질 듯 깨지지 않고
금이 갈 듯 금이 가지는 않는
투명하고 어리석은
나의 유리창

강 건너 네게

석양이 가만히 내린다

붉은 빗물인 듯
붉은 눈물인 듯
출렁이는 물결은
바람을 타고

끓어 넘치던
너의 열정
너의 눈빛처럼
끝없이 밀려온다

강 건너의 너에게
내가 보내는 밀물의 속삭임
네게 가고 싶었다고
가던 걸음을 붙잡았다고

흐르는 물결에
음표를 띄우듯
밀물에 기대 속삭인다

닿지 않을 썰물
그저 흘러갈 노래
그렇게 몰래 부르는 나의 고백

소리도 없이 붉게 끓다가
흔적도 없이 사라진다

🌸 소원상자

너의 눈빛은 맑은 유리구슬
햇살에 부서지는 너의 눈빛을
가만히 바라보다
손을 뻗어본다

너의 눈빛을 두 손에
조심히 담아
유리구슬 같은 빛나는 네 눈빛을
소담히 두 손에 담아

나만의 동백나무 밑
소원상자에 담아본다

새로움 하나
정다움 하나
그리움 하나
보고픔 하나

소원상자 가득
너의 반짝이는 눈빛들이
설레임 속에 가득하고

나는 마음속에 너의 눈빛을
너의 이름처럼 아로새긴다

🌼 거짓말 같은 일

사람들의 말
거짓말 같은 일
신기루처럼 사라지는 것
그것이 사랑

별처럼 빛나다가
구름처럼 흘러가다가
어느새 연어처럼 회귀하는
밀물 그리고 썰물

진실 그리고 거짓
믿고 싶은 것
믿을 수 없는 것
잡히지 않는 것

더 이상 빛나지 않을 때
유성처럼 어딘가로 떨어져
다른 연인의 빛이 되어주겠지
거짓말처럼
신기루처럼

낯선 사람 I

우리는 스친다
우리는 마주친다
우리는 걷는다
그래도 낯선 사람

그대에게 나는
나에게 그대는
여전히 낯선 사람

함께 같은 하늘
함께 같은 별
함께 같은 달을
바라보는 이 순간에도
함께 숨 쉬는 이 순간에도

여전히 그대에게 나는
여전히 나에게 그대는
낯선 이방인

✿ 이럴까

너의 옆모습은
이럴까
무언가를 응시하는 눈빛은
이럴까
먼 곳을 바라보는 시선은
이럴까

실체가 없는 너는
그림자만 있는 너는
그저 모딜리아니의 그림 같은
정제된 너는

알 수가 없다
나는 알 수가 없다
너의 모습 속에서
진실을 알 수가 없다

II

나는 나무가 되리라

지우개

지우개로 쓱쓱
머릿속 잡념을 쓱쓱 지운다

지우개로 쓱쓱
가슴속 상처의 말을 쓱쓱 지운다

하얗다
눈부시다
깨끗하다

이 모든 말은 거짓말
손이 부르트게 지워도
가슴이 멍이 들게 지워도
지워지지 않는다
그저 서서히 흐릿해질 뿐

끝없는 지우개질에
누렇게 변색될 뿐

❀ 봄비

떨어지는 빗방울
봄이 오는 발자국 소리

똑똑
소리마저 어여쁘다

지붕을 두드리는 소리
문을 두드리는 소리
마음을 두드리는 소리

잠자는 대지를 깨우는
수줍은 손님
똑똑 문을 두드리며
봄이 온다

신기루

사막을 걸었다

끝이 없는 황금 물결
넘실대는 물결을 거슬러
집채만 한 모래 언덕 위를
묵묵히 걸었다

그대가 있는 하늘 끝
그 끝을 향해
묵묵히 말없이 끝없이

그대는 신기루

사막 한가운데
모래 언덕 너머
넘실대는 신기루

잡히지 않는 실체
흔적 없는 바람

손아귀 사이로 흐르는
모래알맹이처럼
잡히지 않는 망각의 흔적

그렇게
그렇게
잊혀진다

봄비 그리고

전화기를 든다
걸까 말까 망설이다
끝내는 내려놓는 미련함

너와 걷던 이 거리에
봄비가 내린다
앞서 걷는 연인
다정한 두 어깨
구르는 빗방울

투명한 우산 속 두 사람
기울어진 우산에
나도 몰래 짓는 미소

너에게 난
기울어진 우산 같은 사람
아무리 주어도 모자란
봄비 같은 마음

나무가 된 너에게
나는 말없이 내리는 봄비처럼
더도 말고 덜도 말고
그냥 그렇게
촉촉한 봄비처럼

어땠을까

이렇게 인적 드문 날
이렇게 홀로 앉은 날
이렇게 마냥 멍한 날

그대가 있다면
그대와 함께라면
어땠을까
어땠을까

검은 밤과 하얀 낮
시간의 퍼즐 속에
우연히
그저 우연히
서로를 마주쳤을 때

그 손을 잡았다면
그 눈빛을 놓지 않았다면
어땠을까
어땠을까

우린 어땠을까

❀ 시작

첫날
첫마음
첫사랑

처음이라는 낯설음
처음이라는 설레임
처음은 우리의 시작

어제의 끝
내일의 시작
과거의 종착점
내일의 시발점
슬픔의 종말
사랑의 기원

외로움과 이별하고
새로움과 만나다
그리움을 끝내고
낯설음을 시작한다

그렇게 우리는 또
내일을 맞는다

❧ 헤어지지 않는다

무너지는 다리
끊어진 허리
삶의 한가운데
그대와 나 사이의
생사의 다리

끊어진다
무너진다
건널 수 없다

그대와 나 사이 거리
검푸른 강줄기

제발 돌아오길
제발 무사하길
검은 뒷모습
무거운 발걸음

뒤돌아서지 못하는
강 건너 그대
그리고 나
떨어지는 눈물방울
강물 속에 여울진다

애타는 눈빛은
이 밤을 밝히는
등불이 되고

꺼지지 않는다
무너지지 않는다
결코 헤어지지 않는다

🌸 까치

까치가 운다
반가운 님이 오시려나
반가운 소식이 들리려나

까치 우는 소리에
물결도 함께 춤을 추고
내 발끝도 까딱까딱

돌다리 너머
봄이 오는 소식
산등성이 너머
님이 오는 소식
까치 먼저 알려 주네

내 연정도
까만 너의 눈에 담아
산 너머 그이에게
네 노래로 알려 주렴

시간이 지나도
계절이 지나도
여전히 이 자리에
그림처럼 앉아

봄이 오길
님이 오길
첫 마음처럼
기다린다고

주먹

주먹을 쥐었다

힘을 내야지
다짐을 하며
손을 꼭 쥐었다

손끝이 하얘지도록
마음을 다잡고
핏줄이 서도록
주먹을 꼭 쥐었다

바뀌지 않는 건 나
시간은 깨닫게 한다
쥐었다가 풀 때가 있다는 것
닫았다가 열 때도 있다는 것
가끔은 마음이 주먹보다
꼭 쥐기 어렵다는 것

그래서 다시 손바닥을
우산 밖으로 내밀어
내리는 빗방울을 담기로 한다

다시 푼 주먹에
다시 내민 손바닥에
따뜻한 푸른 피가 흐른다

🌸 나는 나무가 되리라

나는 나무가 되리라

한 줌의 재가 되는 날
작은 꽃나무의 거름이 되어
아기 꽃이 피게 하고
나의 가지는 풀벌레의 집이 되는
그런 나무가 되리라

하늘이 나에게 별이 되라 하고
하늘이 나에게 달이 되라 하는 날
나는 그저 먼지 같은 재가 되어
뿌리 깊은 나무의 거름이 되리라

나에게 이름은 짓지 마오
무명의 나무이면 좋겠소
누군가 나를 떠올리며
눈물짓지 않도록
수풀 깊은 곳
외딴곳 나무의 거름이 되겠소

부디 나를 잊고
부디 나를 지우고
웃으며 살아가기를
마음 깊이 바라며

나는 한 그루
이름 모를 나무가 되리라

건반

건반 위
하이얀 손
흑백의 멜로디
겨울 숲처럼 스산한
겨울 바람처럼 쓸쓸한
보헤미안의 시처럼 고독한

피아노의 건반 위
그의 손가락
잃어가는 것들을 움켜잡듯
잡힐 듯 잡힐 듯
버리지 못한 미련과
보내지 못한 사념과
끝내는 이별할 수 없는 세계

건반 위
하이얀 손
여백의 멜로디
겨울 숲처럼 공허한
겨울 바람처럼 매정한
보헤미안의 시처럼 홀연한

그의 멜로디
그리고
나의 남겨진 마음

눈발

꽃잎이 떨어진다
하늘이 보낸 안개꽃다발
바람에 흩날리는
하이얀 꽃잎

밤하늘에 반딧불이처럼
점점이 빛을 내고
새까만 하늘은
하얀 붓질 안개꽃밭

하염없이 흩날리는 꽃잎
하염없이 떨어지는 눈꽃

봄이 오는 길목
안개꽃 먼저 내려
하얀 눈꽃 먼저 내려
잠든 땅을 깨우는가

눈꽃은 쌓이지도 않고
흩어지는 신기루 같아
그저 홀린 듯 바라본다

잠든 봄이여
깨어나라
안개꽃이 내리고 있다

❧ 인생의 전환점에서

점을 찍는다
인생의 점을 찍는다

애타게 부르던 꿈은
점점 선 위의 지표가 되고
가슴 터질 듯 높은 이상은
공허한 외침이 되어
다시 인생은 도돌이표

인생의 전환점
그래프처럼 출렁이는 삶에
변곡점이 찍히고
점처럼 새겨지는 눈물

산다는 건
도돌이표
내가 쓴 시는
나에게 되돌아오고
내가 쓴 마음도
거울처럼 돌아오겠지

이렇게
눈물 나게

슬픈 연극

그대는 가고
홀로 남아 쓰는
주인 잃은 편지

그대는 떠나고
남겨진 마음이 쓰는
부치지 못하는 사랑

해가 지면 떠오르는 얼굴
가슴에 아로새긴 눈망울

올려다본 하늘의 초승달
그대의 웃는 눈

뇌리에 남은 눈동자
하늘에 박혀버린 북두칠성

사랑은 저물고
삶의 그늘이 드리워도
가슴 한켠 저릿한 마비

누군가 부르는 나의 이름
저린 가슴 숨긴 채
또다시 이름 따라 웃는다

인생은 연극
슬픈 연극

🌸 나의 시간 속으로

초대를 받았다
그대의 시간 속으로

신호등 앞 시간이 멈추던 날
세상의 흐름이 숨을 참던 날

들숨과 날숨소리만 들려
내 안의 목소리에
가만히 귀를 기울일 때

나지막이 속삭이던 그대
그대의 시간으로의 초대

한걸음 뒤를 걷던 내게
조심스레 건네는 안부
그림자로 전하는 인사

무채색 겨울이 되어
검은 시간은 바람처럼 사라지고

그저 멈춘 시간 속에
그 겨울의 흔적만이 쌓여간다

사진조차 남지 않는
검은 나의 시간 속으로
나 또한 그대를 초대하리

노래

그 여름
학교 앞 작은 연못
낡은 나무벤치

작은 들꽃
겨울나기 버겁던 날
그대가 불러주던 그 노래
나를 웃게 했다

그 겨울
거친 바다
외로운 소나무
낡은 정거장

바람소리 곡소리
포효하는 짐승 같던 날
그대가 건네주던 안부
나를 살게 했다

그렇게 소박했고
그렇게 따뜻했다

빛바랜 아름다운 날들이
내 기억 속에 남아
여전히 날 살게 한다

🌸 시간이 흐르면

봄이 온다
또 계절을 보내고
계절을 맞고
또 계절을 보내고

사랑도 그러했듯이
마음도 그러했듯이

너와 나는 이미
색을 잃었고
우린 흑백사진처럼
그저 무표정한 얼굴로
딴 곳을 본다

누군가 사랑에 대해
누군가 나의 사랑에 대해
묻는다면

사랑은 시간이라고
사랑은 계절이라고
조용히 말해주겠다

그의 시간과
나의 시간이 만나
함께 계절을 보내고
더불어 인생을 이루고
시간을 놓아주는 일
계절과 작별하는 일

아쉬워도
시간은 여전히 흐르고
붙잡아도
계절은 뒤돌아보지 않으니

나비가 난다

길옆 조용히 앉은
어여쁜 장미
가지런한 머리 위
노란 나비 한 마리

수만 번의 날갯짓에
어깨가 처져
잠시 쉬어간다

분홍빛 뺨을 가진
꽃향기 나는 그녀는
나비를 찾아
이리저리 헤매인다

지친 노란 나비는
그녀의 칠흑 같은 머리 위
여전히 그녀는 모른다

사랑이 왔음을
사랑이 쉬어감을

그리고
언젠가
사랑이 떠남을

쉬어 가는 나비야
그녀에게
이별의 연시라도 적어다오
네가 떠남은 알 수 있게

그리고
그녀가 슬픈 눈빛으로
너를 기다리지 못하게

무지개

여우비 내리던 날
우리가 만난 날

스치는 사람 속
촉촉한 여우비
어깨에 살포시 내려

장난기 어린 하늘을
물끄러미 바라보던
거리의 두 사람
우연히 마주친 그 눈빛

시작이었다

여우비 속 두 사람
서로의 눈빛을 스치지 못해
가던 길 멈추고
시간을 멈추고
숨을 멈추고

물마 위 우연히 뜬
여우별 같은 무지개
함께 오래도록 바라본다

구름이 흐른다

구름이 흐른다
시간이 흐른다

파아란 바다
하이얀 포말은 흩어져
점점이 물감을 찍고
하늘빛 바다를 그린다

시간이 그린 하늘
차가운 겨울 바다
양털 솜이불을 덮고
포근한 꿈을 꾼다

구름이 흐른다
시간이 흐른다

파스텔 빛 바다
하얀 은방울 꽃잎
점점이 꽃잎을 떨구어
에메랄드 바다에 띄운다

시간이 물들인 하늘
파아란 물감은
하이얀 화선지에
점점이 번진 점이 되고
나의 하늘 나의 바다가 된다

🌸 슬픈 인연

무대 위 독백
머리 검은 소년의 목소리
쓸쓸히 읊는 사랑시
첫사랑 소녀를 그리는
눈물 어린 사랑시

아련한 눈빛에
마음에 멍이 든다

무대 밖 버스정류장
슬픈 눈빛의 소녀
두 손에 든 백합 꽃다발
벤치에 멍하니 앉아있다
두 눈에 반짝이는 물방울

고인 눈물방울 백합 꽃잎에
남몰래 떨어지고
아무렇지 않은 듯
그냥 그렇게

어긋나는 두 사람
그것이 첫사랑
같은 마음 다른 시선
이어지지 않을 인연인가
끊어질 듯 애타는
촛불 같은 연정

두 사람은 인연
언젠가 낯익은 목소리에
뒤돌아볼
언젠가 낯익은 뒷모습에
걸음을 멈출
그런 서툴고 질긴 인연

III

야위

세월이

머문다

같이 가자

해가 진다
같이 가자
하늘이 붉게 달궈질 때
너의 뺨은 사과빛 빛이 나고
물끄러미 바라보는 나의 눈은
너라는 사람으로 빛이 난다

해가 진다
같이 가자
하늘이 보랏빛 바다로 넘실거릴 때
너의 머리카락은 보랏빛 물이 들고
너의 손을 잡은 나의 손은
너라는 꽃을 꽂은 화병이 된다

해가 진다
같이 가자
하늘에 검은 먹물 퍼질 때
너의 눈동자에 별들이 자리 잡고
너의 어깨에 기댄 나의 어깨는
너라는 대지에 뿌리를 내린
예쁜 동화 속 아름드리 나무가 된다

같이 가자
우리 같이 가자

그림을 그린다

선을 그린다
동그랗게 그린다

잠시 멍하다가
너를 그린다

너의 얼굴을 그리려다
눈물이 차올라
눈에 물결이 인다

눈물방울 뚝
하이얀 종이 위
빗물로 뚝 뚝

너의 얼굴을 그릴 때면
항상 비가 온다

내 그림 속의 너는
언제나 빗속을 걷는다

선

선을 그린다
선을 그려본다

사람과 사람을 이어주는 선
마음과 마음을 지켜주는 선
그리고 너와 나의 선

나의 마음이
선을 향할 수 있게
나의 눈이
선을 그릴 수 있게

숨을 멈추고
너의 선과 이어본다

🌸 붉은 바다

바다를 보며
조용히 앉아있다
검푸른 그대의 물결에
붉은 꽃잎을 띄운다

하루가 시작되는 시간
어둠을 깨워 바다와 만날 시간

해는 숨바꼭질 끝
술래가 되어
드디어 서서히
모습을 드러낸다

붉은 바다는
세상을 태울 듯
이글거리는 눈과 거침없는 입술로
그의 장미를 찾고

붉은 꽃잎은 그의 입술에
연지곤지 색을 찍는다

붉디붉은 입술
점점이 검푸른 바다와 입을 맞춰
이제는 보랏빛
제비꽃잎 흩어지듯
바다는 보랏빛 꽃밭이 된다

🌸 저 바다 끝

검은 물결 끝
수평선과 지평선이 만나는
그 검은 물결 끝
달이 걸려있다

바다가 삼킨 달
바다의 하얀 헛바닥
파도 위 구슬사탕
춤추듯 너울대는
하이얀 달님

저 바다 끝
그 검푸른 바다 끝
그와 그녀가 만나는
공간과 시간의 접점

저 바다 끝
밀물과 썰물이 넘나드는
그 검은 물결 끝
붉은 해와 하얀 달이 만나는
이 고요한 새벽

파도를 타며 춤을 추는
그와 그녀의 시간
저 바다 끝
해와 달의 시간

🌸 바람소리

바람의 소리
속삭이는 그대 목소리
바람이 귓가에 불어올 때
그대의 숨소리도 불어온다

그저 날이 좋아
언덕 위 나무 아래
조용히 자리 잡고
그대의 숨소리를 듣노니
그대 멀리 가지 말아라

곁에 머물며
귓가에 바람소리로라도
속삭여 주기를
그대 외로움의 한숨조차
나에게는 노래가 될 테니
그대 멀리 가지 말아라

곁에서 그대 숨소리 듣고
노래하는 새 될 테니

그대
바람소리 같은 그대

✿ 소박했던 행복했던

길가에 두 사람
서로를 바라본다

옷깃을 여며주는
다정한 손길

겨울 이 바람을
막아주는 든든한 어깨 뒤
미소 속의 그녀

버스정류장에 앉아
커피 한 잔을
나눠 마신다

안부를 물으며
꿈을 물으며
생각을 나누며
눈빛을 나누며

청춘은 이렇게 꽃 같다

소박해서 담백하고
행복해도 그것을 모르는
그래서
청춘의 뒤안길의
그림자는 길기도 길다

그와 그녀
미소 잃지 않기를

그 작은 벤치
둘만의 정다운 암호

그 아름다운 추억을
가슴 깊이 담기를

바람이 불어

그리도 바람이 불더니
잠시 숨을 고른다

세차게 비수같이 꽂히던
무수한 바람의 날
나를 우무질하고
나를 담금질하고
나를 휘감았다

서럽게 불던 바람에
하나뿐인 심장은
조각조각 흩어져
끝내는 점이 되고

이제는
점이 흔들릴 뿐
눈물도 떨구기 힘들다

바람아
그대에게 고하노니

흔들되 다치지는 않게
흔들리되 뿌리는 썩지 않게

그리고
바람
그대도 무사하게 불어라

🌸 기다림

어제도 기다림
오늘도 기다림
내일은 흐림

그대에게는 찰나
나에게는 억겁의 시간
그래서 기다림은 버겁다

기다리지 않기 위해
앞서 걷는다
뒤돌아보지 않으려
앞만 보고 걷는다

미련한 마음에
뒤돌아보면
그대는 없고
기다림은 길어
오늘도 흐림

오늘도 비가 올 것 같다

사색

가만히 앉는다
조용히 걷는다
가끔은 멈춘다

하늘을 나는 새가
유영하듯 휘이 날다가
나뭇가지에 살포시
내려앉을 때

나의 생각도
잠시 숨을 내뱉는다

허공에 떠도는
멜로디는 하나둘
나의 입으로 옮겨지고
나의 깊은 사색은
드디어 한숨 돌린다

생각은 걸음을 멈추고
말이 되어
노래가 되어
드디어 시가 되어
나의 수줍은 고백이 되어
이 순간의 한숨으로 전해진다

누군가 읽어줄
한 편의 고백
나의 시

누군가 불러줄
한 구절 노래
나의 사랑시

너의 집 앞

눈 쌓인 밤
걷다 보니 너의 집 앞
노란 가로등 밑
연인의 뒷모습
참 따뜻하다

한때는 우리에게도
서투른 약속이 있던 시절
우리의 뒷모습도 빛이 났었다

한때는 쏟아지는 햇살에도
눈을 감지 않는 날들이 있었다
서로의 손을 잡고 걷던
봄날 같던 시간

누군가의 뒷모습을 보며
가슴이 아릴 때

그 시절의 내가
그 햇빛 속의 네가
그림자 없이 서 있다

❧ 손님

반가운 손님이 오시려나
함박눈이 내린다

소복한 하얀 언덕에
검둥이 까치 한 마리
반가운 님처럼 노래하고

똑똑 고드름 떨어지는 소리
그의 발자국 소리인가
설레는 마음에 창을 연다

하얀 오선지 같은
눈 오는 풍경
음표를 찍듯
새겨지는 까치 발자국

그의 발자국도
함께 하면 좋으련만

언제 오시려나
함박눈은 눈꽃되어
여기저기 피어나고

기다리는 이내 맘은
한 떨기 매화되어
이리도 붉어라

낯선 사람 II

길을 걷다 마주치는
그 사람은
그저 지나가는 사람

시간의 접점 가운데
잠시 머무는 사람

눈이 마주칠 때
흔들리는 눈빛이
나를 흔들지라도

가끔은 슬프게도
낯선 발자국을
따라 걷게 되어도

그 사람은
그저 지나가는 사람

말없이 물끄러미
긴 시간 나를 바라보는
그 사람에게
나는 그저 우연이 만들어 낸
운명의 실루엣

나는 그 기억 속에
그저 잠시 머무는
쉽게 읽히는 시

처음

처음이었다

하늘에 나비가 노닐고
하얀 들꽃이 하염없이
꽃잎을 흔들던 날
산들바람에 식히던
뜨거운 붉은 마음

아련한 향기에 이끌려
하릴없이 걷다가
문득 들어선 꽃무더기
그 가운데 선 그대 그림자

처음이었다

그대의 깊은 눈동자에 비친
빛나던 나의 눈동자는
그대의 그림자마저 빛무리지었다

꽃다운 정은
여울 빛 수채화를 꿈꾸고
향기에 취해
거침없이 붓을 들었다

그렇게 그린 그림 한 점
세월이 지나
백발이 성성한 노인이 되었으나

그날 그대를 연모한 그 소녀는
이제 주름진 손등으로
거친 하루를 살아도

그림 한 점 마음에 품어
영원히 열여덟 소녀로 산다

그 시절 이름 모를 소녀로 산다

뒷모습

푸른 밤
눈을 감고
너의 마음을 듣는다

조심스러워 안쓰러운
더딘 마음에
가끔은 눈을 뜬다

차가운 세상
서툰 마음
검은 사람들
더딘 손길

눈이 예쁜 그대에게
한 걸음은
태산 같은 용기
또 한 걸음은
하늘 같은 시작

그런 그대이기에
그대의 뒤에서
멀어지는 뒷모습을
가만히 지켜본다

사랑해서
사랑함으로
사랑했으므로
이렇게 그대의 멀어지는
흐린 뒷모습을
말없이 바라본다

너의 편지

너의 망설임
너의 고백
너의 독백

점으로 선을 이은
질문으로 길을 낸 너의 편지
답이 없는 나의 침묵

마음과 마음은
점을 이루다
선을 잇다
그림을 그리고

지우고 쓰고
지우고 쓰고

너의 미쁜 언어는
길을 헤매이다
마침내 길을 내었다

사람에게 가는 언어
사람에게 오는 언어
가없이 곱다

감정을 비우다

오늘 고백을 했다
신 앞에 무릎을 꿇고
거친 두 손을 모아
빚진 마음을 부었다

시간의 언덕을 오르며
무수히 많은 페이지는
낙서가 되어
나를 어지럽혀

한 방울의 땀과
한 방울의 눈물도
끝내는 되지 못했던
부끄러운 감정들이
끝을 모르고 쌓이곤 했다

글이 차오를 때
생각이 넘쳐흐를 때
감정이 흘러넘칠 때

이렇게
이렇게
무릎을 꿇는다
감정을 비운다

이제 다시 시작이다

🌸 사랑 그 이름만으로

사랑
그 이름만으로 무겁다

말로 하기엔
감당하지 못할 마음

사람의 언어는
가끔 오해가 있어
마음을 놓치고
사람을 잃어가고
가슴에 돌덩어리 쌓이고

시간이 지나면
인생의 서리에
얼음산이 되어간다

사랑
그 이름만으로 무겁다

사람을 사랑하는 것은
거대한 산을 가슴에 품는 일

잊는 것이 아니라
잊히는 것은 숙명
그저 산을 가슴에 품고
내려갈 수 없는 길을
끊임없이 오르는 일

그래서 사랑은 무겁다

먼지가 되어

뿌연 안경테
낡은 책상
펼쳐진 일기장
세월이 내린 먼지
조용히 앉은 한 사람

다정히 나누던
낮은 목소리
오래된 농담
언뜻 보이던 수줍은 미소
내 기억 속의 너

너와의 추억은
시간의 언덕 너머
잔잔한 사구를 만들고

너와의 사진에는
나의 미련만이
아련히 잊히는
클래식이 되어 남는다

이 밤
너에게 가지 못한
이 마음은
방 한구석 작은 의자에
먼지가 되어
우두커니 앉아있다

그립다
그대
그리고
그때의 나

돛단배를 띄워

내 마음에 날개를 달아
너의 곁에 누이고

내 마음을 실어 보낼 배를 띄워
네 마음의 돛을 올린다

미풍이 아름답게 불어
두 뺨을 간질이는
이 다정한 바다

나의 날개가 너에게 닿을 무렵
나의 배의 돛은 팽팽해져
너에게 가는 마음은
바람 사이를 여행한다

보랏빛 석양에
눈빛이 젖어
그리움이 차오를 때
네 목소리가 귓가에 들려올까
네 그림자가 내 앞에 다가올까

답이 없다

너의 질문
너의 고백
나의 침묵
나의 눈물

답이 없다
말이 없다
죄를 지어
언어를 잃은
침묵의 겨울

너의 질문은 붉고
너의 고백은 따뜻하다

나의 침묵은
나의 눈물은
그리고
나는

미안하다

너의 마음을 알아버린 죄
너의 마음을 훔친 죄
겨울에 꽃을 피운 죄
봄을 기다리는 죄

이렇게
인생은 답이 없다

여울지다

홀로 앉은 강가
잔물결은 불빛 따라
잔잔히 휘청이고
한들거리는 불빛에
내 마음도 떨린다

그대의 파도 같은 고백은
밀물이 되어
벼랑 끝 여린 가슴에
작은 파랑을 만든다

썰물이 되고 말 그 말에
잠시 눈길이 머물고

눈을 깜박이면 사라질
전원을 끄면 닳아질
그대의 맘은
나의 얼룩진 삶을 알까

밀물 같은 그대의 언어를
쉼 없이 밀어 올리는
소용없는 모래 같은 마음을
그대는 영원히 모를 것이다

🌸 무모한 마음

오늘도 너를 기다린다

이토록 무모한 일
이토록 허무한 일
가끔은 버리고
이내 다시 주워 담는
이토록 애타는 일

하늘엔
무심한 달
하늘엔
이따금 별
나를 보며 웃겠지

버리지 못할 것을 알면서
오지 못할 것을 알면서
또 이렇게 기다린다

🌸 세상의 끝

이 세상의 모서리
세상의 끝

아슬하게 선 절벽
마음이 매달려 있다

비바람이 살을 에이고
거친 풍파 벌거숭이로 내쳐도

투명한 가슴은 텅 비어
모서리에 마음이 다쳐도
눈물 한 방울 떨어지지 않는다

이대로
이 세상의 끝에
이름 모를 조각으로 남아도
아무런 여한이 없다

읽지 못한 말

너의 언어는
너의 눈빛은
그대로 읽을 수 없다

말이 없어
눈을 감아
내뱉지 않은 마음에
괜시리 마음이 머문다

말이 없어
말을 읽는
눈을 감아
맘을 보는
바보 같은 나는
그저 떠나지도 못해
조용히 머무른다

너의 곁에
너의 마음에
힘겹게 움켜쥔
너의 두 손에

서로에게 닿지는 못해도
마음은 두고 가니

가끔 눈을 뜰 때
가끔 외로울 때
들여다보기를

버스 여행

유리창에 내린 새벽 서리
입을 조그맣게 모아
하아
입김으로 냉기를 녹여본다

아직은 어두운
아직은 서늘한
고독한 도시의
낯설은 새벽

먼 이국의 방랑자처럼
홀로 버스에 앉아
도시여행 중

타고 내리는 도시인
회색빛 시선
무채색 사람들
홀로 버스여행

하차 없는 여행길
종착역은 모른 채
목적지도 모른 채
그저 나아갈 뿐

언젠가
그대를 그리는 마음이
내릴 곳을 곧 알려주겠지

❀ 저는요

저는요
이 세상이 그림 같아요

청보리밭에 서서
바람을 맞을 때
바다를 바라보며
책을 읽을 때

세상은 숨을 멈추고
잠깐 정지된 화면처럼
그저 가만히 있거든요

그러면 저는
마음속 스케치북에
그림을 그리죠

바람의 색
바다의 색
청보리의 색
구름의 색

이 세상이 참았던 숨을
후 내쉴 때까지
시간을 그림 속에 가두고
나만의 색을 물들여요

내 그림은 당신이 볼 수 있게
낮은 창에 걸어 둘게요
가끔 당신의 눈길이
머무를 수 있도록
아주 가끔은 나를
생각할 수 있도록

연모

수줍은 마른 어깨에
눈빛이 내리고
검은 귀밑머리에
눈길이 난다

떨리는 손끝은
갈 길을 잃어
허공을 헤매고

불어오는 옥빛 향기에
이름 모를 그림자가 되어

숲속 오솔길
그늘진 나무 뒤
곁눈질로 시간을 쌓는다
제자리걸음으로 계절을 보낸다

가슴에 꽃봉오리 올라오는 것이

마음에 봄바람이 이는 것이

아무래도 그대를 연모 하나 보다

🌸 야윈 세월이 머문다

끝이 났다
순간의 아름다움은
찰나의 매혹은
이제 가슴에 묻는다

가끔은
사막의 오아시스를 만나고
가끔은
드문 별똥별을 보곤 했다

그리고 가끔은
그대를 향해
홀로 떠나곤 했다

걷고 걸어도 그 틈은
좁히기 힘들고
쫓지 못하는 발걸음
끝내는 뒤처져
홀로 남았다

이렇게 홀로
끝이 났다
끄트머리에 서 있는 내게
야윈 세월이 머문다

시가 사랑이 되면
삶은 재즈가 된다

시를 알게 되면 시와 사랑에 빠진다

초판 1쇄 발행 2022. 10. 14.

지은이 이영란
사진 이영란
펴낸이 김병호
펴낸곳 주식회사 바른북스

편집진행 한가연
디자인 최유리

등록 2019년 4월 3일 제2019-000040호
주소 서울시 성동구 연무장5길 9-16, 301호 (성수동2가, 블루스톤타워)
대표전화 070-7857-9719 | **경영지원** 02-3409-9719 | **팩스** 070-7610-9820

•바른북스는 여러분의 다양한 아이디어와 원고 투고를 설레는 마음으로 기다리고 있습니다.

이메일 barunbooks21@naver.com | **원고투고** barunbooks21@naver.com
홈페이지 www.barunbooks.com | **공식 블로그** blog.naver.com/barunbooks7
공식 포스트 post.naver.com/barunbooks7 | **페이스북** facebook.com/barunbooks7